Suite Nr. 1

Wo begräbt die Erde ihre bunten Vögel?
Bei den Soldaten unter den Wacholder-
büschen.
Niemand weiß, wo sie vom Sommer träu-
men.

Durch das Kornfeld schreiten Mäher,
ihre scharfen Sensen singen.
Staunend steht der Tod am Wege.
Unbewußt und in Gedanken
prüft er die Bewegung nach.

Über den bereiften Wäldern
steht der rote Sonnenball.
Charkows Kathedralen steigen
hinter den Kanonen auf,
und wenn die Soldaten seufzen,
blitzt es von den goldnen Kreuzen.

Im Sommer zwitschern Kinderstimmen
in den Feldern zwischen rotem Mohn,
und der Tod macht einen großen Bogen,
geht zum Bahndamm
oder kommt zu mir.

Ich glaube,
ich bin geringer als ein Vogel.
Ich sehe nicht die Sonne kommen,
weiß nicht, wie weich die Wolken sind,
und bang mich in der Dämmerung.

Die toten Soldaten
schlafen im Grase.
Doch ihre Träume
fliegen heim
und irren des Nachts
um Giebel und Erker
und ruhen nicht eher,
bis der Knabe erwacht
und auffährt vom Schlaf.

Sag den Menschen, daß die Blumen müde
sind
von dem vielen Blühen und nicht länger
warten wollen.
Sage, daß sie alles lassen sollen.
Es wird Winter werden, eh sie sich's verse-
hen.

Wenn der Mond im Teiche badet
und die Enten nach ihm tauchen,
lacht er so, daß es ihn schüttelt.

Kleine freche Krixelkraxelhieroglyphen
hatten Spatzen morgens in den Sand ge-
schrieben.
Erste Zeile lautet, wenn ich mich nicht täu-
sche:
Wer dies liest, ist dumm.

Kommt heraus aus dem Wald,
ihr siebzehn Teufel!
Ich werde euch euer Wispern lehren,
euer Stöhnen und Rascheln und Krächzen.
Platz da, den Weg frei!
Ich muß zur Apotheke
nach Schondorf.

Es regnet, und ich schaue aus dem Fenster
auf die Straße.
Der Regen wogt wie Schilf, die Menschen
springen
wie die Frösche.
Ach,
ich warte auf das eine Fröschchen, daß es
in mein Haus springt.

Wie schön das Spinnennetz
im Mondlicht leuchtet!
Leg dich ganz sanft zu mir,
zerreiß dem Mond
die Harfe nicht.

Was lebt da draußen in der Welt?
Sind es Sterne oder sind es
die Lichter eines fernen Dorfes?
Das Rudel Wölfe macht sich auf
und lechzt und läuft,
doch seine Füße drehen nur
den schweigenden Koloß der Erde.

Tragt das Laub der grünen Buchen,
tragt die Blumen in den Hürtgenwald
aus dem Park von Jàsnaja Poljana,
Amseln aus den Wäldern Barbizons,
denn der Hürtgenwald steht schwarz und
 tot,
klirrend in den kalten Winden.
Nie mehr singt die Nachtigall.
Würger stehen über kahlen Stämmen.

Es lärmt so in der Totenkammer,
es raucht und stinkt und klopft und pocht,
die Haare wachsen doppelt schnell,
die Nägel drehn sich wunderlich,
und manchmal gehn die Augen auf,
dann läuft ein Strom von Tränen aus.
Am Fenster schwirren auf und ab
die bunten Vögel Kolibri.

Die Kinder tragen rotes Laub im Haar,
sie laufen hinter Spatzen her
und schicken bunte Drachen in die Luft.
Und alle Vögel lachen sehr
und zwitschern noch im Traum, wie schön
es war.

Ein Windstoß –
die Ähren verneigen sich;
die Eilpost mit dem großen Philosophen
fuhr vorbei.
Im Schilf sitzt Pan,
der Herr des Sommers;
er lacht und schickt
ihm einen Rülpser nach.

Wenn ich des Morgens im Schnee
die Spuren der spielenden Hasen
finde, dann ist mir, als läse
ich einen lustigen Brief.

Unter Straßensteinen
warten viele Blumen,
die vom Blühen träumen;
warten, daß mein Fuß
einmal nicht mehr geht.

Vor der Schlacht
ziehen von den Wáldajhöhen
Schwärme großer Vögel
über Demjansk und die Lovatsümpfe.
Die Soldaten tauchen fröstelnd
in den blauen Stahl der Panzer.
Ach, ihr Herz fliegt mit den Vögeln.

In den hellen Nächten
flüstert es im Schatten,
und Mädchen lachen schrill.
Durch die kahlen Bäume
klettert wie ein Affe
der Mond von Ast zu Ast.

Der Traum träumt einen Traum
mit einem Flügelschlag.
Wer bin ich, wenn mein Traum erwacht?
Ein Falter in der Sonne oder
ein alter Kauz um Mitternacht?

Wenn die Wälder zu wandern beginnen
und die Berge rollen
und die Wolken auf die Erde sinken,
wenn es Nacht in der Welt wird
und die Erde aus ihrem Bauch zu leuchten
anfängt
und die Sphärentöne schwellen und schwel-
len
und die Menschen von innen zu bersten
drohen
und widerrufen,
dann will ich noch singen
von Kormoranen über den Teichen,
vom Mond im Fensterkreuz,
von dem Surren des Wildentenzuges,
von den langen Nächten der Liebe.
Dann wird Gott die Hand heben
und lauschen
und an meinem Munde hängen
und vergessen, was er wollte.
Das werdet ihr daran erkennen,
daß die Wolken wieder zu ziehen beginnen.

Suite Nr. 2

Klopft nicht an meine Tür.
Ich öffne nicht mehr.
Auf die ich warte,
die klopfen nicht an,
sie brechen durch die Mauer
und sind unversehrt.
»Bringt ihr die Segel?«
Seht: Meine Arche
ist voll von Blumen
und fertig zur Abfahrt.

Den Garten habe ich wiedergesehen,
den Garten meiner Jugend.
Damals war er voller Grün, schattigem Grün;
über dem Dach der Kronen die Sonne
und das feurige Licht.
Ich habe geschlafen in dem sanften Grün,
und wenn ich erwachte, habe ich oft gelacht:
»Ihr Spitzbuben!«; so nahe war ich den Bäumen.
Jetzt habe ich ihn wiedergesehen. Es ist Winter,
und er ist tief verschneit.
Der Schnee beugt die nassen Äste,
der Schnee hängt an der Borke der Stämme,
der Schnee liegt auf den rostigen Nägeln
des Zaunes, der über den Bach führt.
Ich schlafe schon lange nicht mehr. Ich wache auch nicht.
Ich kann nichts als warten, bis ich mich wieder
getraue zu rufen: »Ihr Spitzbuben, ihr!«

Barfuß kommen sie und zerlumpt
aus dem dunklen Wald.
Unter den finsteren Tannen haben sie
gezittert, das stachelige Bett der Brombeeren
gemieden, die Früchte der Belladonna
nicht berührt.
Jetzt kommen sie barfuß und treten in die
Sonne. Sie sind voll von Erinnerung.
Sollen wir mit ihnen weinen?
Was sollen die Rosen dann denken
und die Lilien und der Flieder?

Legt den Kopf in die Ackerfurche;
die Erde hat noch den vergangenen Tag in
ihrem Leib
und spricht,
und wer das Ohr am Acker hat, der hört sie
sprechen
und ist noch einmal bei dem Sonnenaufgang
oder in der Stunde der Mittagsglocken
oder beim Amselgesang
und kann es hören, so oft er will.

Nun könnten wir doch fröhlich sein!
Im Abendlicht sind auch die kahlen Häuser
schön.
Die Fenster gegenüber blitzen, Gardinen
schließen sich, es ist die gute Stunde, sich
zu lieben.
Schließ auch dein Fenster. Und wer bei dir
ist,
dem leg die Hände auf die Schulter. Vergiß
ein Lächeln nicht und denke: Jetzt glühen
Trauben in der Sonne, die satten Birnen und
die Äpfel springen in die Hand, die Gräser
schaukeln, und der Igel wackelt zu der
Wasserschale.
Späh durch den weißen Tüll, bevor du
liebst, noch einmal aus dem Fenster: Wie
friedlich ist die Welt. Nun könnten wir
doch fröhlich sein.

Schweig still!
Vorüber ist der Rausch.
Die sanfte Liebe
zieht ins Herz, ins
zuckende. Es will
zur Ruhe kommen.
Und jage die Gedanken fort,
sie hängen zentnerschwer
an deinen Flügeln.
Wir sind allein,
vergiß die Welt.
Wir sind nicht hier,
wir sind nicht dort.
Wir kreisten um die Sonne
und kehren langsam zurück.
Wir sind noch auf der Reise.
Setz deinen Fuß
behutsam auf die Erde.
Sie ist sehr kalt und hart.

Einfältig und wunderlich ist alles Glück,
und unsichtbar
hängt es immer am Leid.

Weißt du, wieviel Sternlein stehen?
Nein, mein Freund, ich weiß es nicht.
Oleander haben lanzen-
förmig schmale Blätter. An
San Benedetto kehren
unsere lieben Schwalben heim.
Weißdorn heilt
und Nießwurz tötet.
Dieses weiß ich. Sollt' im Leben
ich mich nicht zufrieden geben?
Gräser streicheln mein Gesicht.
Die Zahl der Sterne weiß ich nicht.

In dem Hause
auf dem Berge
lebt der Weise,
sät und erntet,
bläst die Flöte
in der Sonne,
ruht gelassen
unter Sternen
und verbeugt sich
in Gedanken
dreimal tief vor
allen Menschen.

So ein Frühling!
So schön im Fensterkreuz
das erste Blau des Sees!
Die Bäume wedeln
mit den rosa Öhrchen
und strampeln mächtig
mit den Wurzeln in der Erde.
Der letzte Schnee am Himmel –
morgen werden sie wohl kommen,
über die Berge herüber,
mit neuen Liedern in der Kehle.
Ist alles bereitet?
Fehlt nichts?
Die grünen Wolken, die weißen Wiesen?
Ach, laßt mich doch in Ruhe,
ich bin ganz durcheinander.

Schlag die Flügel ein,
Engelein!
Bleib hier,
eine Zeitlang bei mir.
Der Liebe Engel?
Des Todes Engel?
Des Lebens?
Ich mich fürchten, Engel?
Vergebens.

Kein Geheimnis hüten mehr die Wälder,
tot sind alle Moore,
leer die Himmel.
Die Hunde aus dem Zug der Artemis
bellen in Gehöften an den Ketten.
Nicht einmal ein Traum mehr
kann sie glücklich machen.

Opfert dem Pan,
vergeßt den einstigen Gott nicht!
Stellt ihm Wein und Brot ins Fenster,
wenn es stürmt und schneit.
Er ist arm geworden und elend;
niemand erkennt ihn mehr,
wenn er durch die Felder wandert.
Nicht lieben, nicht hassen,
nicht einmal hassen wollen sie ihn.
Nichts hat er mehr zu vergeben;
in der Hand trägt er ein letztes Geschenk,
einen Becher voll Erinnerung.
Wem soll er ihn geben?
Wer braucht die Tränen der Liebe?

Ich habe sie alle gefragt.
Wo kommt ihr her?
Von dort.
Wo geht ihr hin?
Nach dort.
Wo seid ihr?
Sie wußten es nicht.
Ich fragte sie,
wo der Augentrost blüht.
Sie wußten es nicht
und meinten: Wozu?
Habt ihr im Winter
das Knirschen des Schnees gehört?
Sie sagten: Warum?

Setz den Papierhelm auf, mein Kleiner!
Steig auf dein Steckenpferd
und reite, reite, wie
dein Vater einst im letzten Krieg.
Hab keine Furcht, du kühner Held!
Dein Vater hatte große Angst.
Vergiß es, denke nicht an ihn.
Wer tot ist, der ist mausetot.
Fang nur getrost
von vorne an.
Doch sag es deiner Mutter nicht.

Der eine braucht nur einen Schuh
und sieht den Wolken nach,
der andre hat nur eine Hand
und winkt den Mädchen zu.
Der Blinde tappt im Haus herum,
und niemand kennt sein letztes Bild.

Im Dickicht
zwischen Draht
und Unrat
liegt der Helm,
bis an den Rand
voll Regenwasser.
Wenn ihr das wüßtet,
würdet ihr nicht länger warten,
Mädchen.

Warum sagt ihr »Es kommt Sturm«?
Seht ihr denn nicht,
wie fröhlich die Boote
am Molenkopf tanzen?
Links rum und rechts rum
glucksend und quietschend
vor Spaß an den Ketten?
Die Möwen lachen und kreischen,
hört ihr das nicht?
Wolken balgen sich und jagen.
Hoch am Himmel wirbeln Hüte,
denn der Wind ist außer sich
vor Lust.
Juchhe!

Junge Mädchen können noch nicht küssen,
doch ihr Mund ist rot und seidenweich.
Wölfe reißen ihre kleinen Schafe,
Dumme warten auf die Morgenröte,
Kluge blasen auf der Flöte.

Ich bin nicht hier,
ich lebe in vergangenen Tagen.
Nur die Erinnerung
weiß, daß ich zärtlich sein
und daß ich lieben kann.
Ich heiße Bitternis,
die Bitternis ist stumm.
Ihr braucht mich nichts zu fragen.

Noch betet sie an,
die goldene Scheibe,
den glühenden Kopf eines Gottes,
grüßt sie,
staunt!
Aber bald wird sie alles verbrennen,
die Flüsse werden sterben,
die Berge verschwinden,
die Blumen verdorren
und alles Leben vergehen,
auch ihr, die ihr die Erde zertrampelt.
Kein Trost, kein Trost.
Ich würde euch tauschen,
mein Gott, gegen einen Grashalm,
gegen eine Welle im Bach,
gegen einen Windhauch,
ihr Hunde!

Drei dunkle Schläge vom Turm,
Sankt Severin brüllt.
Mein Liebster ist tot.
Drei Schläge für das Ende
meiner Welt. Ist das alles?
Läutet, läutet,
läutet, bis meine Brust zerspringt!
Laßt die wilden Schläge
in den Himmel rasen
und die Wolken zerreißen;
die Sonne soll dröhnen,
die Sterne sollen taumeln,
läutet, läutet, bis Gott stöhnt!

Verklungen? So schnell verklungen?
Nur ich höre die furchtbaren Schläge
und höre sie ewig
und werde sie ewig hören.
Mein Liebster ist tot.

Mein müdes Herz,
mein armes Herz,
zu wenig Freude,
zu viel Schmerz.
Böse Welt, böse Welt,
kann dich doch nicht hassen.
Schöne Welt, schöne Welt,
muß dich bald verlassen!

Totentanz

Tod:

Stehet auf, stehet auf! Kommt und zeiget
dieser Erde
euer Leben, euer Sterben! Und aus eurem
Tanze werde
eine Klage, eine Faust, die drohend in den
Himmel stößt.
Eia, eia, tanzet, tanzet! Einmal werdet ihr
erlöst,
mag ein Gott einst, mag ein Teufel in dem
Streite Sieger sein.
Hohe Herren, tanzet, tanzet! Eia, eia, Rin-
gelreihn!

Sie kommen, seht sie kommen!
Eine grinsende Gestalt
faßt sie an den Händen, alle,
König, Bettler, Jung und Alt.

Stehet auf, stehet auf! Kommt und zeiget
dieser Erde
euer Leben, euer Sterben! Und bei eurem
Tanze werde

unser Lachen starr und stumm.
Hopsa, hopsa, Reihe rum!

Chor der Toten:

Ossa hic saltant, ossa hic saltant
animae palpitant.

Tod:

Du bist ein König.
Deine königliche Bürde,
die ein weiser Gott dir gab,
trägst du mit gelassener Würde
auch im Tod noch und im Grab.
Runen schrieb auf dem Gesichte
Weltgeschichte, Weltgeschichte!

Der gute König:

Ja, ich bin ein König!
Hört dieses alle Welt!
Ihr ehrtet meinen Namen
und meine königliche Macht,

ich war das Ja und war das Amen,
das kaum gesprochen schon vollbracht.
Verzeihe mir Gott! Verzeihe euch Gott!
Ich habe die Krone nicht erstritten,
ich habe sie erlitten.
Weiß keiner diesen tiefen Sinn,
daß ich das Glied einer Kette bin?
Verstehen die Menschen denn nicht,
was mich vor Gott lospricht?

Nun, wohlan, ihr Menschen, klaget und verklaget
und zusammentraget, was ihr wisset wider mich!

Wahr ist's, ich war nicht gerecht,
ich war hart, ihr nennt es schlecht.
Der Gesetze Fluch und Zwang
hetzten mich ein Leben lang.
Doch sie werden
hier auf Erden
wie die Kugel umgedreht,
ewig flüchtig und unstet.

Ich schlug sie mit meinen Fäusten her und
hin,
doch Gott weiß, wie ich in meiner Seele
demütig bin.

Wie soll die blinde Welt denn auch erfahren,
was einem König seine Gnaden offenbaren!
Verwirft sie eines Herrschers Denken und
Gebärden?
Ich kann und will der Welt nun nimmer-
mehr gleich werden!

Soll der Pöbel ruhig lieben,
was dem Bauche so gefällt,
es mag seine Lust sich üben
an dem Plunder dieser Welt!
Was sind die Träume jeder Zeit?
Bröckelnd arme Eitelkeit.
Wenn der Wind darüberfährt,
Glanz und Schönheit sich verzehrt.
Alles, was die Augen lesen,
ist nur eines Schatten Wesen.

Die Welt hat keinen Trost.

Ich bin zum König erlost.
Weil mich die Welt verwirft,
verwerfe ich sie wieder
und schlage ihren Tand
mit einem Lächeln nieder.

Ja, es wird am Ende unsrer Tage
unser aller Richter halten Waage.
Weiß keiner diesen tiefen Sinn,
daß ich das Glied einer Kette bin?
Verstehen die Menschen denn nicht,
was mich vor Gott losspricht?

Chor der Toten:

Ossa hic saltant, ossa hic saltant,
animae palpitant.

Tod:

Stehet auf, stehet auf! Kommt und zeiget
dieser Erde
euer Leben, euer Sterben. Und bei eurem
Tanze werde

unser Lachen starr und stumm!
Hopsa, hopsa, Reihe rum!

Chor der Toten:

Ossa hic saltant, ossa hic saltant,
animae palpitant!

Tod:

Heraus, Soldat,
heraus, Kamrad!
Appell, Appell!
Was suchst du erst noch Arm und Bein!
Es wird jetzt nicht mehr wichtig sein.
Heraus, Soldat,
heraus, Kamrad!
Appell! Appell!

Soldat:

Du, König, warst die Stimme,
die uns rief,
du hast das blutigrote Tier

des Kriegs geweckt, das schlief.
Dies also war die Stimme,
die uns immer wieder
durch Glockenläuten und Gebet,
durch Trommelwirbel und durch Lieder
als nie geschauter Herr gerufen hat
und uns durch ihren Glanz betörte.
Sieh einer an! Dies war der Mensch,
dem diese Stimme einst gehörte.

Wir armen, wir verfluchten Teufel,
wir stumme, blinde Kreatur,
wir können doch nicht schreien, in der
Kehle
steckt Erde und es kommt ein Gurgeln nur!
Wir Aas
zum Fraß,
wir kamen hinter Pflügen vor,
o jemineh!
Und unsre Städte wurden leer,
o jemineh!
Ach, gottverlassene Kameraden,
wir trabten hinter Fahnen her.

Rum bum bum bum!
Rum bum bum bum!
Rum bum bum bum!

Tolle Zeit
im grauen Kleid!
Wir zogen bis nach Afrika
und bis in den Ural.
Solch Wetter! Lieber gar keins mehr.
Wir hatten keine Wahl,
da kehrten wir die Pelze um
und unsere blöden Herzen
und wurden Wölfe. Siehe da,
da schwanden gleich die Schmerzen!
Das war ein Leben, eine Lust,
die Welt war da so schön!
Das Leben lebt auch ohne Gott
und ohne sein Getön!
Ihr kennt die Welt,
ich kenne sie auch,
es lebt kein Wolf in ihr,
der reißen und
zugleich beten kann.
Das tut ein Mensch, kein Tier.

Da klagt ihr uns vergeblich an,
wir blieben, was wir sind.
Wir waren schuldlos wie ein Tier
und herzlos wie ein Kind.
Und deshalb hob auch das Geschick
den großen Knüppel auf
und blinkert' Gott noch einmal zu
und schlug dann auf uns drauf.

Ach, jammert nicht, ihr Mütterchen,
ihr kauft den Mut mir ab!
Der Tod geht uns nichts an, ihr Herren,
man legt uns tot ins Grab.
Die Kugel war stets unser Freund,
sie läßt nicht Zeit, daß man noch weint.

Aber Typhus und Pest
gab uns den Rest.
Barmherziger Gott,
erbarme dich,
verschone mich!
Das wollte doch, der uns rief,
auf sein Gewissen nehmen,
wenn wir dereinst einmal
vor unseren Richter kämen.

Nun, ihr hohen Herren, sprecht!
wir sind da, gebt uns Recht!

Seht, wir haben uns geschmückt
zu dem feierlichen Tanz
und aus Tang und Moos und Gräsern
uns geflochten einen Kranz.
In den Höhlen unsrer Augen
und dem bleckenden Gesicht
sprießen schöner als aus Erde
Krokus und Vergißmeinnicht.

Auch ihr,
schöne Frauen,
ihr sollt schauen,
euch soll grauen,
grauen,
grauen!

Hui, wie der Seetang schlickert und glickt,
wie der Molch in der Augenhöhle zückt!
Wie das wimmelt
und schimmelt
und wabbelt

und krabbelt!
Ja, das
war ich!
Erkennt
ihr mich?

Ach, geht, geht, geht
in euer Leben zurück,
zu eurem faden Glück,
zu eurem Nachtgebet!

Wir haben in der Schlacht
nicht an euch gedacht,
nicht an König, nicht an Gott,
nicht an Lohn, nicht ans Schafott,
nicht an schlecht und nicht an recht
und niemals, daß ihr für uns sprecht.

Chor der Toten:

Ossa hic saltant, ossa hic saltant,
animae palpitant!

Tod:

Stehet auf, stehet auf! Kommt und zeiget
dieser Erde
euer Leben, euer Sterben! Und bei eurem
Tanze werde
unser Lachen starr und stumm.
Hopsa, hopsa, Reihe rum!

Chor der Toten:

Ossa hic saltant, ossa hic saltant,
animae palpitant!

Tod:

Bist du es, Papa di Roma, Heiliger Vater?
Auch du bist angeklagt in diesem Welt-
theater?

Warst du nicht selbst der Weg zu Gott, du
alter Mann,
sein Mund, der heiligsprechen und verdam-
men kann?

Descende,
Papst, descende!
Erhebe
deine Hände!
Mach doch dem
Spiel ein Ende!
Ich geb dich frei,
ich bin bereit!
Nur zeige
deine Herrlichkeit!

Der schlechte Papst:

Versuchst du mich in meiner Not?
Ich kenne diese Worte, Tod!
Hinweg, ihr schwankenden Gedanken!

Du Narr, betrogener, du!
Du kamst und packtest zu
und flohst mit deinem teuren Kauf.

Doch auf dem Throne stand
im ewigen Gewand
ein neuer Herrscher auf!

Ja, herrlich wie zu aller Zeit
ist unsre Macht und Heiligkeit,
der Schlüssel ist gerettet!
Was sterblich ist, mag ruhig gehn,
der Stuhl des Petrus bleibt bestehn
und Gott ist dran gekettet!

Es liegt in meinem Willen, diese Hand zu
heben,
sie kann euch alle bannen und den Segen
geben.
In meiner Knochenhand liegt noch die Kraft,
die Himmel öffnet, und die Höllen schafft!

Kommt her zu mir alle,
ihr irrenden Seelen,
nichts soll euch quälen,
ich gebe euch Ruh!
Gott kann nicht dulden,
daß Tod und Vergehen
über uns stehen.
Mit uns, Gott, fällst du!

Du aber, Tod, du bist des Teufels Henkers-
knecht,
auf unsre Seele hast du nimmermehr ein
Recht.
Du bist der Knochensammler, und du seist
verflucht!
Du bist es, der als Herr sich aufzuspielen
sucht.
Du stiehlst den Kranken
die letzten Gedanken,
Du reißt die Herzen
wieder in Schmerzen.
Wo wir versöhnen,
kommst du zu höhnen,
und unsrem Segen
grinst du entgegen.
Du warst es, der uns als Verbündeter
erschien,
wir glaubten, daß vor dir die Seelen zu uns
fliehn,
wir Narren glaubten, daß sie fliehen wie ein
Kind
und unsre milden Hände ihre Zuflucht sind.
Gedanken, verruchte,

Ideen, verfluchte,
in ihnen erwecken,
das willst du bezwecken!
Du willst ihren Glauben
an Gott ihnen rauben!
Den Tod sieht man mähen,
Gott läßt sich nicht sehen.
Du hast gewagt, auch mich zu packen, sogar mich!
Hier stehe ich an Gottes Statt und richte dich!

Ja, unvergänglich wie zu aller Zeit
ist unsre Macht durch unsre Heiligkeit!
Wen Gott so erhöht,
wer neben ihm steht
im himmlischen Heer,
der fällt niemals mehr.

Der Mensch, der die Tiara trug, war klein.
Wer aber wagt, mein Richter hier zu sein?

Glanz und Geld
dieser Welt,

Gold und Stein
waren mein.
Wie in Sand
hat die Hand
drin gewühlt
und gefühlt,
wie ein Tier,
welche Gier,
welche Kraft
es mir schafft.
Jede Lust
hat die Brust
hier geliebt.
Was es gibt,
jedes Weib,
jeder Leib,
Lust und Spaß,
geiler Fraß,
süßer Wein
waren mein
ohne Wahl,
ohne Zahl.
Manche Tat
war Verrat,

falsches Wort,
Meuchelmord.
Tod und Qual,
Gift und Stahl
gut vereint
schuf den Feind
aus der Welt.
Amt hieß Geld,
Kardinal
hieß: bezahl!
Ausgeleert
und verzehrt,
alt und schlecht
starb ich Knecht.

Herr, Herr, Erbarmen!
Verzeih mir Armen!
Ein Mensch voller Sünde,
verzeih deinem Kinde!
Mein Leben ist verweht
wie ein Gras vergeht,
in Gnade begonnen,
in Sünde verronnen!
Herr, Herr, Erbarmen!

Verzeihe mir Armen!
Miserere!

Blut, Blut
steigt wie die Flut,
immer näher und wilder
gräßliche Bilder!
Miserere!

Wie die Erde schwankt,
wie der Boden wankt!
Über Sündern und Frommen
wie die Sense saust
in der bleichen Faust,
sie kommen, die Reiter,
sie kommen!

Herr, Herr, Erbarmen!
Verzeihe mir Armen!
Kannst du das Leben
noch einmal geben,
gib es als Bettler mir
oder als Tier!

Chor der Toten:

Ossa hic saltant, ossa hic saltant,
animae palpitant.

Tod:

Stehet auf, stehet auf! Kommt und zeiget
dieser Erde
euer Leben, euer Sterben! Und bei eurem
Tanze werde
unser Lachen starr und stumm.
Hopsa, hopsa, Reihe rum!

Chor der Toten:

Ossa hic saltant, ossa hic saltant,
animae palpitant.

Tod:

Da kommt das Leid
im Lumpenkleid.
Gib acht, du Neid,

wie es sich quält,
was es erzählt
und sagen kann.
Herr Bettelmann,
fang an, fang an!

Bettler:

Ihr Herren, ach, ihr Herren!
So geht das Leben hin!
Mir scheint, daß ich euch früher
schon mal begegnet bin?
Ihr seid kaum zu erkennen;
euch geht es heute schlecht?
Das macht mich beinah ängstlich
und ist mir gar nicht recht.
Ich konnte euch nicht hassen,
wie ihr es vielleicht glaubt.
Ich will gern für euch bitten,
wenn ihr es mir erlaubt.
Ihr habt doch euer Leben,
so wie es kam, gelebt,
der liebe Herrgott will nur,
daß ihr uns etwas gebt.

Ihr oben und ich unten,
so hat es sich gehört,
nun hat der Narr, der blinde,
die Ordnung mir zerstört.
Ihr unten und ich oben,
das wäre wundervoll;
jetzt aber weiß ich ehrlich
nicht, wie das gehen soll.
Man spricht in meinen Kreisen
vom Lohn als armer Christ.
Ich weiß nicht, ob die Armut
denn so verdienstlich ist.
Ich war ein Mensch wie alle,
ein rechtes Rabenaas,
der Unterschied, ihr Herren,
lag lediglich im Fraß.

Mein Leben ging hin,
ich weiß keinen Sinn.
Die Tage kamen und gingen.
Ich Krüppel stand
und hob die Hand
und träumte von allerlei Dingen.
Da lag die Welt,

die euch so gefällt,
mit ihrem Weinen und Lachen.
Gott liebt das Spiel
und ihm gefiel,
mich arm und zum Krüppel zu machen.

Zieht nur kein Gesicht!
So war es nun nicht,
ich hatte auch Pflichten und Sorgen!
Ihr fühltet euch groß?
Ihr dachtet doch bloß
genau so wie ich bis zum morgen.
Man schleppt es hin
und denkt sich im Sinn:
das wird sich schon alles geben!
Man steht und steht,
die Zeit vergeht,
und plötzlich war es ein Leben.
Man träumt nichts mehr,
das Herz wird leer,
man scharrt und kratzt für die Stunde.
Man lernt die Not
ums liebe Brot
und hat die Freuden der Hunde.

Und jetzt, ihr lieben Herren,
ist alles das vorbei.
Ich wünschte mir, ihr Herren,
daß ich lebendig sei.
Ganz früher sah ich manchmal
empor zum Himmelszelt,
wer weiß, ihr lieben Herren,
ob es mir da gefällt.
Gott liebt wohl die Posaunen,
die Harfen und die Pracht,
die Chöre und die Engel
und die allmächtige Macht.
Kennt er das, wenn im Winter
der Ofen abends glüht
und man mit müden Augen
in seine Flammen sieht?
Der Tag ist dann vorüber,
bis morgen ist noch Zeit, –
kennt er die ganz bescheidne,
die Bettler-Seligkeit?

Nun stehen wir, Ihr Herren,
vor Gottes dunklem Tor.
Ihr sollt den Vortritt haben,

geht schon einstweilen vor.
Und legt in Christi Namen
ein Wörtchen für mich ein,
es wird euch auch im Himmel
dereinst vergolten sein.
Ihr Herren, ach, ihr lächelt?
Ihr denkt, es war ein Scherz?
Ich hab' kein Herz, wie ihr habt,
ich hab' ein Bettlerherz!

Chor der Toten:

Ossa hic saltant, ossa hic saltant,
animae palpitant.

Tod:

Stehet auf, stehet auf! Kommt und zeiget
dieser Erde
euer Leben, euer Sterben! Und bei eurem
Tanze werde
unser Lachen starr und stumm.
Hopsa, hopsa, Reihe rum!

Chor der Toten:

Ossa hic saltant, ossa hic saltant,
animae palpitant.

Tod:

Mein Genius, mein Freund,
tritt vor!
Mein Parsifal, mein Held,
mein Tor,
der Geist, der mich so oft
beschwor!
Du kanntest mich, mein Freund,
so gut,
glüht in dem Herzen noch
die Glut,
und hast du, Dichter, jetzt
noch Mut?
Stimm ein in diesen
Klagechor,
Gott leiht nun endlich
dir sein Ohr.
Bring deine letzte
Dichtung vor!

Dichter:

Wo ist der Gott, mit dem ich sprechen
kann,
wann werde ich ihn endlich sehen, wann?
Ich will den Herrn und nicht die Knechte
hören,
die Larven sollen sich zum Teufel scheren!
Ich bin nicht Angeklagter, ich bin Gast.
Es ist ein Herr, den du Lakai gebeten hast.

Ich war ein Mensch! In meinem Herzen
der ganzen Menschheit Lust und Schmerzen.
Ich war der Deuter ihrer Freuden,
ich war der Anwalt ihrer Leiden.
Ich habe ihre Not gelitten,
ich kenne alle stummen Bitten.
Ich liebte, wo ich hassen wollte,
ich schenkte, wo ich nehmen sollte.
Die Menschen flochten mir zum Lohne
um meine Stirn die Dornenkrone.
Mein Leben haben sie verhöhnt
und erst mein Tod hat sie versöhnt.

Wer bist du, Gott, der so Furchtbares schuf?
Wir leben in Ketten und hören den Ruf
und quälen uns ohne Ende.
Wir rütteln an Stäben,
hinter denen wir leben,
und trommeln mit Fäusten die Wände!
Ich meine nicht Armut und Krankheit und Not,
ich meine nicht Sorge ums tägliche Brot,
sprich nicht von dem köstlichen Streben!
Das ungeheuer
brennende Feuer
nach Wahrheit verzehrt uns das Leben.

Mein Gott, wie hast du mich gequält!
Warum hast du mich auserwählt?
Du hast die Erde mir geraubt
und mir den Himmel nicht erlaubt.

Nun aber, Gott, erfülle dich!
Du Sinn der Welt, enthülle dich!
Wehe dir,
und wehe mir,
wenn du kleiner bist,
als meine Liebe ist!

Chor der Toten:

Ossa hic saltant, ossa hic saltant,
animae palpitant.

Tod:

Stehet auf, stehet auf! Kommt und zeiget
dieser Erde
euer Leben, euer Sterben! Und bei eurem
Tanze werde
unser Lachen starr und stumm.
Hopsa, hopsa, Reihe rum!

Chor der Toten:

Ossa hic saltant, ossa hic saltant,
animae palpitant.

Tod:

Hast du gehört
wie das aufbegehrt,
wie sie lästern und zanken

statt Gott zu danken?
Sie grübeln und fragen
und jammern und klagen
und sind doch verloren,
die du einst geboren.

Ihr Mütter des Lebens,
ihr leidet vergebens.
Begehret nur auf!
Ich warte darauf!

Mutter:

Gib Ruh, gib Ruh,
mein guter Sohn,
was redest du!
Schweig still, schweig still,
es kommt doch schon
wie Gott es will!

Immer grübeln und fragen
und denken und sinnen!
Was wollt ihr gewinnen,
das kindliche Glück?

Alles Studieren
und Wissen und Streben,
verronnene Leben
bringt es nicht zurück.

Empfangen mit Bangen,
getragen im Herzen,
geboren mit Schmerzen,
so kamt ihr zur Welt.
Ihr goldenen Kinder,
ich wollte euch lehren,
den Herrgott zu ehren
und was ihm gefällt.

Ich sehe sie wieder:
Sie horchen und lauschen,
die Märchen rauschen,
es summt und klingt.
Sie sitzen zu Füßen,
die Buben, und fragen
nach uralten Sagen;
die Welt versinkt.

Sie wurden zu Knaben
und hörten mit Staunen
das Flüstern und Raunen
von Lüge und Lust.
Sie hörten das Prahlen
mit Sünde und Liebe
und spürten die Triebe
tief in der Brust.

So gingen die Jahre
von Morgen zu Morgen
in Mühe und Sorgen
und schrecklicher Angst.
Ich glaubte, mein Söhnchen,
du brauchst meine Hände,
und merkte am Ende,
daß du es nicht dankst.

So haben wir wieder
sie alle verloren,
die wir einst geboren.
Mein Herz, sei still.
Es ist wohl das Schicksal
der Mütter auf Erden,

verlassen zu werden.
Wie Gott es will!

Wehmut,
Demut,
leere Hände
sind das Ende.

Was aber ist das, was euch vorwärts jagt?
Was ist das nur, wonach ihr immer fragt?
Was trieb euch aus dem Paradies,
in dem euch Gott als Kinder ließ?

Du König auf dem goldnen Thron,
ich kenne dich nicht wieder, Sohn!
Was wolltest du? Gewalt und Macht,
ein Leben voller Glanz und Pracht?
Du hast die Stille eingetauscht
für einen Sturm, der schnell verrauscht.

Du, Dichter, warst mein liebster Sohn.
Was gab die Erde dir zum Lohn?
Du warst den Menschen eine Last,
ich weiß, wie man das Feuer haßt.

Dein Herz hat sich verzehrt, verbrannt,
du hast den Frieden nie gekannt.

Du, Bettler, warst mein Sorgenkind.
Wie milde deine Augen sind,
wie ruhig deine rauhe Hand,
so arm dein elendes Gewand!
Trägt alle Armut dein Gesicht,
so voller Frieden, voller Licht?

Ich habe euch Leben
von meinem gegeben,
ich wollte euch schützen,
ich wollte euch stützen.
Zu schwach sind die lieben-
den Hände geblieben.

Sprich sie frei, mein Gott, sprich sie frei,
welches dein Preis auch sei!
Ich fürchte mich nicht
vor deinem Gericht.
Damit du meine Liebe ermißt,
wenn du ein Gott der Rache bist,
damit du meine Liebe erkennst,

wenn du dich Gott der Gnade nennst,
verdamme *mich!*

Chor der Toten:

Ossa hic saltant, ossa hic saltant,
animae palpitant.

Tod:

Stehet auf, stehet auf! Kommt und zeiget
dieser Erde
euer Leben, euer Sterben! Und bei eurem
Tanze werde
unser Lachen starr und stumm.
Hopsa, hopsa, Reihe rum!

Chor der Toten:

Ossa hic saltant, ossa hic saltant,
animae palpitant.

Tod:

Kleiner Knabe, holder Knabe,
gib mir ruhig deine Hand,
bald, mein Kindchen, bald, mein Söhnchen,
kommst du in dein Märchenland.

Weißt du nichts, mein kleiner Knabe,
was ich dir erfüllen kann?
Alles sollst du sein und werden,
nur das eine nicht: ein Mann.

Kind:

Wenn ich in den Himmel komm,
will ich wie mein Vater werden,
ein berühmter, großer Mann,
wie die Könige auf Erden.

O, verzeihe, lieber Tod,
sieh, ich wollte dich nicht kränken.
Aber wenn ich das nicht darf,
brauchst du mir auch nichts zu schenken.

Bitte, führe mich zum Himmel
vor des lieben Gottes Thron.
Laß mich dort ihn selber fragen,
er versteht mich sicher schon.

Ach, ich habe wohl gesehen,
und ich habe aufgepaßt,
wie du mit dem König schimpftest
und wie du den Dichter haßt.

Sag, was willst du von den Menschen?
Willst du, daß sie Menschen sind,
oder möchtest du, sie seien
brav und ängstlich wie ein Kind?

Tod:

Schweig, du Wurm,
du Menschenkind!
Du bist, wie alle
Menschen sind!

So jung du bist,
so schwach und klein,

du Balg, du reihst dich
würdig ein.

Was wollt ihr alle?
Es ist Zeit,
daß ihr zerknirscht
und reuig seid!

Ihr seid nicht Kläger,
wie ihr meint!
Es wäre besser,
daß ihr weint!

Was willst du, Papst,
unseliger Mann?

Papst:

Ich klage
meinen Schöpfer an!

Tod:

Und du, Soldat?
Ich frage dich!

Soldat:

Ich klage nicht.
Ich wehre mich!

Tod:

Es ist zum Lachen!
Weib, und du?

Mutter:

Ich stimme
meinen Kindern zu.

Tod:

Du bist zu milde
und zu gut,
vergiß
die undankbare Brut!

Du aber,
armer Bettelmann,

du klagst gewiß
die Menschen an?

Bettler:

Da wäre ich
sehr ungerecht.
Die Menschen
waren nicht so schlecht.

Tod:

Ich leg das Wort dir
in den Mund,
und du verschmähst es,
Lumpenhund?
Die Menschen nicht?
Dann also Gott!
Du wirst ihn büßen,
deinen Spott.

Nun, Majestät?
Klag an, klag an!

König:

Du bist mir nicht
der rechte Mann,
vor dem ein König
klagen kann.

Wenn Gott so ist
wie sein Lakai,
dann ist sein Spruch
mir einerlei.

Tod:

Sehr schön, Herr König,
und sehr gut!
Du brauchst ihn noch,
den stolzen Mut.

Und du, mein Freund,
mein großer Dichter,
du fühlst dich doch
gewiß als Richter?

Dichter:

Was weißt du, Tod,
in welcher Not
die Menschen solches sagen?
Was weißt du Knecht,
mit welchem Recht
sie ihren Gott verklagen?

Als Gott uns schuf,
war sein Beruf,
uns auch die Kraft zu geben.
Er aber wies
uns fort und stieß
uns alle blind ins Leben.

Am Schöpfungstag
hat ein Vertrag
den Herrn an uns gekettet.
Der Sinn der Welt
und Gottes fällt,
wenn er uns nicht errettet.

Bist du nun klug?

Ist das genug
für deine Hökerseele?

Laß mich allein
mit dem jetzt sein,
den ich zum Richter wähle!

Ihr Heere der Toten,
ihr himmlischen Boten,
steht still!
Ihr schwebenden Seelen,
gehorcht den Befehlen,
steht still!
Ihr kreisenden Sterne
in ewiger Ferne,
steht still!
Ihr wogenden Heere
der Wellen, ihr Meere,
steht still:
Ich spreche mit Gott!

Seit Tausenden von Jahren, Herr,
erheben
unsre Herzen sich,

begeben
unsre Seelen sich
auf Wanderung und suchen dich.

Seit deine Sonnen kreisen, Herr,
erkennen
unsre Sinne dich
und nennen
alle Menschen dich
in Ehrfurcht und verneigen sich.

Seit sich die Nebel teilten, Herr,
versenkten
die Gedanken sich
und lenkten
unsre Fragen sich
auf den, dem unser Bild wohl glich.

Seit du uns denken lehrtest, Herr,
enthüllten
die Gesetze sich,
erfüllten
Trost und Ahnung sich,
denn die Gesetze loben dich.

Es kommen und es gehn die Tage,
und alle stellen sie die Frage
nach dem geheimnisvollen Sinn.
So gehn sie ohne Ende hin.

Die Augen sehen deine Werke
und staunen über deine Stärke,
das Licht verkündet deine Pracht,
die Finsternis zeigt deine Macht.

Dein Bildnis spiegelt jede Welle,
wir hören dich in jeder Quelle,
und überall in der Natur
entdecken wir des Schöpfers Spur.

Auf deinen Wink entsteht die Stille,
und alle Stürme sind dein Wille.
Du türmtest die Gebirge auf
und gabst den Wassern ihren Lauf.

Wir sehen deine Wolken reisen
und sehen ihre Pracht dich preisen.
Wir sehen das Gesetz in Kraft,
das sinnvoll ist und Ordnung schafft.

Du hast es erdacht,
du hast es vollbracht.

Auch uns hast du Leben
und Seele gegeben.

Nun, Herr, sollst du uns endlich sagen,
warum wir unser Leben tragen,
warum du uns geschaffen hast,
uns selbst und dir, mein Gott, zur Last.

Warum erschufst du diese Welt,
wenn dir ihr Leben nicht gefällt?
Erschufst du uns dir selbst zum Spott
und bist du nicht der gute Gott?

Herr, alle Dinge, die es gibt,
die hat sein Schöpfer einst geliebt!
Warum verzeihst du uns denn nicht?
Warum berufst du ein Gericht?

Warum, mein Gott,
warum?

Niemals klagen,
niemals fragen,
nie verzagen,
alles tragen –

Warum, mein Gott,
warum?

Ich rufe dich, Gott, in meiner Not,
nenne uns endlich dein Gebot.
Ich rufe dich, Gott, oder wie du heißt,
ich rufe dich, Gott, oder wer du seist!

Gott:

Aus der Tiefe der Welt,
aus unendlichen Fernen,
aus dem Schweigen der Nacht,
von eisigen Sternen
komm ich zu dir.

Ich schlief
so tief
im Dom

der Nacht.
Es schlief
die Macht.
Und nur
die Liebe
hat gewacht.

Aus dem dämmrigen Nichts,
wo die Ewigkeit endet
und wieder das Ende
zum Anfang sich wendet,
seh ich dich an.

Von dem Ufer der Zeit,
wo die Jahre verrinnen,
von dem klirrenden Quell,
wo die Jahre beginnen,
hör ich dein Rufen.

Ich höre meinen Namen nennen,
ich sehe deine Augen brennen,
wie sie mit Purpur mich umkleiden
und sich in tiefem Schauer weiden,
wie sie mir einen Thron erbauen

und mich in großem Glanze schauen,
wie sie mit Strahlen mich umhüllen
und den Palast mit Funkeln füllen.

Ich weiß es, wie du mich erdenkst,
wie du mir Macht und Fülle schenkst,
wie du mich starr und schrecklich siehst,
und wie mein Auge Blitze schießt,
wie du mit Wundern mich umgibst
und mich in tausend Bildern liebst,
die alle deine Schöpfung sind.
Du bist so sicher, Menschenkind!

Wie ahnungslos ist
euer Beginnen
und dein Ersinnen,
wer du wohl bist.

Wie schwer muß es sein,
mich zu erkennen,
die Wahrheit zu trennen
vom irdischen Schein!

Soll ich wagen,

dir zu sagen,
wer du bist?

Soll ich wagen,
dir zu sagen,
wer Gott ist?

Ich habe dieser Welt
den Atem und das Leben,
das Werden und Vergehn
und das Gesetz gegeben.

Doch alles, was ich schuf,
war Schöpfung und war mein.
Allmacht ist Einsamkeit für Gott.
Was ich auch schuf, ich blieb allein.

Ich war der Geist der Welt,
und meine Größe band
in ungeheurer Macht
mir selbst die Schöpferhand.

Du warst auch nur mein Werk.
Doch seit es dir gelang,

daß sich dein Geist zu mir erhob
und Maß und Stoff und Zeit bezwang,

bist du mein zweites Ich.
Ich bin der Sinn der Welt,
dem sich der Menschengeist
mit herrlicher Gewalt hinzugesellt.

So habe ich mich denn
auch meiner Macht begeben
und warte, ob ihr kommt,
in Zweifel und mit Beben.

Wenn ich der Anfang war,
so seid ihr nun das Ende.
Ich bin wohl euer Gott,
doch sieh die leeren Hände.

Ich bin der Ärmste aller Armen,
wenn ihr mich so zu sehen glaubt,
und ich bin niedrig zum Erbarmen,
wenn ihr mir meine Größe raubt.

Ich bin ein Traum nur und ein Schemen,

den man am Morgen schnell vergißt,
Ihr könnt mir die Gesetze nehmen,
wenn ihr sie ahnungslos nicht wißt.

Ich bin der Schwächste aller Schwachen,
wenn ihr mir keine Ehrfurcht zollt;
ihr könnt mich zum Gelächter machen,
wenn ihr mich so vernichten wollt.

Ich bin ein Schatten ohne Leben,
bin nutzlos wie ein blindes Tier,
ihr könnt mir alle Namen geben,
doch was ich bin, so werdet ihr!

Ich bin die Ewigkeit und Allmacht,
wenn ihr mich groß und herrlich nennt,
ich bin das Ende eures Weges,
wenn ihr in mir euch selbst erkennt.

Leben
und streben

und Hoffnungen weben,
ist euer Los.
Grübeln
und Denken,
in Liebe versenken,
mache euch groß.